JN308282

序

大倉山《おおくらやま》発《はつ》

senryu collection

Ohkurayama hatsu

山本喜太郎川柳句集

Yamamoto Kitaro

新葉館出版

序

序

川柳という詩形で何をどこまで記録できるか。ここに、山本喜太郎が書きためた作品を見わたし、関わったひとりとして感慨が深い。

若い頃、現代詩に埋没していた私は、もし「柳多留」に出会わなかったら川柳に踏み込むことは無かった筈だから、その後も「詩人のあなたがなぜ川柳などを書くのか」という批判を押してこれを書き続けたのは、中野懐窓、北村雨垂、中村冨二といった傑出の先達に巡り会った幸運もさることながら、起点には私を釘付けにした人間くさい古川柳の叫びがあった。

大門を出る病人は百一つ　（柳多留初篇）
百姓はねこだのうへで死にたがり　（柳多留三篇）
南無女房ちゝをのませに化て来ひ　（柳多留拾三）
寝て居ても団扇のうごく親心　（柳多留初篇）

国の母生れた文を抱きあるき　（柳多留初篇）

川柳は江戸時代の中期に興った文芸だが、その生い立ちの歴史は、古く連歌の中に付合修練の方便形式として起った「前句付」の文芸形式から出発している。その点者のひとりである柄井川柳が宝暦七年に前句付点者として立机し、選をしたものを川柳点といい、その付句の独立したものを後になって川柳と呼ぶようになった。今から二百五十年ほど前のことである。

発句から独立した俳句には季語切れ字の約束ごとがあるが、付句から独立した川柳にはその制約がない。従って、俳句は花鳥諷詠つまり自然を詠む詩形として血脈をつなぎ、川柳は生活を「語り言葉」で伝える文芸として後世に継がれた。そのおよそ二十万句は無記名選によるもので、殆どが作者不明という点でも世界に比類のない庶民の記録である。川柳は、初代川柳選による作品をあつめた柳多留二十四篇あたりまでは文芸評価の高いものだったが、後に狂句に堕してからこれが明治まで続いたから、落首、駄洒落の遊具として曲解も引きずり、今も時事川柳やサラリーマン川柳といった名称でこれを喧伝する層も多い。然し、この詩形の生い立ちを識ればそれは明らかに誤認だ。明治の後期に興きた阪井久良岐、井上剣花坊らの新川柳運動は『狂句百年の負債を返す』というスローガンをかかげ、初期『柳多留』に学ぶことで人間短詩の確立をすすめた。現代の文芸結社誌には『川柳研究』『川柳きやり』『川柳番傘』などを東西の軸に、身近な周辺でも『川柳白帆』『川柳路』など、その姿勢を繋ぐ作家たちが拠る集団も多い。

私が山本喜太郎と出会ったのは、平成二十二年四月の読売日本テレビ文化センターで、その「川柳講座」だった。ここは入門コースとして全くの初心者を対象に詩形を語る場だったが、私の眼には初対面から山本喜太郎が川柳に独自の慧眼をもつ男に映っていた。それは当人のここに至る密度の濃い社会体験がさせるもので、文芸に限らず広く知り広く読み広く体験してきた男の骨格を思わせた。私は、元来がセンセイなどという器を嫌い、明け暮れを辻説法に徹することで、詩形として川柳の理解をひとりでも多くの大衆に深めるのが、残された自らの役割と心得ていたから、なりふりかまわず所作にも熱がこもっていた。これが本人に受けたようで、前後して読売神奈川版の「よみうり文芸」にも投句を始め、荒削りながら忽ち頭角を現すようになった。

ここに編んだ四四六句の大方は、その新聞の入選作品だが、結社川柳にありがちの「仲間褒め」とは全く異質の切り口をのぞかせる。

許された紙数のなかで、その作品に触れてみたい。

鉄錆が臭うと人が降る気配
懐手影は両手を上げている
焼きイモの袋の中でドンが消え
抜け道も至るローマと書いてある
槍呑んだ男の顔が社史にある
アニメなら描ける男の黙示録

「鉄錆が臭うと人が降る」という無機質の社会観。見せかけの懐手が出口のない己を演技する。巷の紙袋の中で鬼いっぴきが消される魔界。いくたびか走り抜けたけもの道の欺瞞。社史の中に刺されたままでいる男の五体。アニメなら描ける己の黙示録。たかが川柳という短詩が、喜太郎の鬱積する風景を見事に演出している。

肋骨を一本冷やす野菜室
幅跳びで偏西風に乗ってみる
断捨離のフリマに足りぬ紙袋
胴切りのフランスパンの骨密度

花追えば花の都はビルの地下
ネクタイはこの世に残すお焚きあげ

片方、ここに挙げた作品は、満たされたゆえに抱える現代の飢餓を、おりおりの暮らしの中で、捉えようとする。
冷蔵庫の中で或る日を唐突に出逢う暮らしの擬態。偏西風に乗れぬ脆弱なアキレス腱。フリマで喪う平衡感覚。フランスパンの切り口が暗示する私の骨密度。たどれば地下に都心ごと沈む花まみれのビル。ひと臭いネクタイだけ燃え残るお焚きあげ。この強烈な穿ちは、技法を超えて喜太郎にしか描けないものに映る。

まほろばは西と聞いてる杖頼り
この人も金銭《かね》にきれいな白い骨
豆を抱く莢の形は母に似る
出会いとや人の顔した河原石
ジオラマに夕日が射して三丁目
爪切れば薬師如来のくすり指

川柳は、穿ちの定型短詩であり、花鳥諷詠の俳句とは明らかに視点を異にする。然し、穿ちの裏側にある暮らしの叙情に触れる佳品は多い。人間を描けばそこに行き着く。まほろばを尋ねて涅槃西風をたどる老いの杖。全てが幻覚でも老いは優しい。人はときに、清貧をその骨と向かい合って識る。莢豆の豆にずらり母の子、莢豆の莢に母の顔。ゆくりなくも出逢う河原の石に石の声。喜太郎がたどるひと臭いジオラマの町には、いつも夕日の幻覚がかさなる。爪を切ると薬師如来の姿に変わるくすり指。一句には、一つずつ、物語がある。

御楯だけ生して五尺に足りぬ母
骨壺を振れば戦禍の海の音
慰霊地に戦死の父がまだ匂い
発掘にひと目で父の脛の骨
砂時計つきぬ戦死の父の砂
父の忌を不意に時計が動き出し

触れておきたいことがある。喜太郎は、幼い日に父親を戦死で喪っている。喜太郎は、そのことを多くは語ろうとしない。然し、ここにあるひそやかな作品に、断ちがたい切々の痛みを、私は憶う。

ゆくりなくも、私はこの第一句集に、序文を記すことになった。思い切った装丁は、その人柄を裏返しの風景で演出する。喜太郎は、神奈川の柳壇がここ数年を渇望していた新風を、間違いなく吹き込んでくれる得難い書き手である。

平成二十七年四月

読売新聞神奈川版　選者

瀬々倉　卓　治

大倉山発

●目次

川柳句集

大倉山

発

百態の雲

I

Hyakutai no kumo

赤い羽根
売り子の声が
背にささり

焼きイモの袋の中でドンが消え

受験期を檸檬《れもん》も齧《かじ》りカナが好き

三面鏡左の顔はマゾの顔

傘立はこわれた傘に占拠され

砂時計つきぬ戦死の父の砂

犬歯あり今日も男の顔でいる

ゴミ箱をちょっと机に戦中派

雑草の名では括《くく》れぬ父の汗

七人の敵も老いたり靴の音

夫婦仲冷えてひび入る鏡餅

負け惜しみ晴耕雨読の額を掛け

蹴上がりが出来た時から反抗期

症候群エスカレーターでも歩き

潮騒が聞こえてこないチョコの貝

母さんが舐めると傷がすぐ治り

仏壇の燐火が語る行状記

逆算をして晩年を飼うペット

猫額《ねこびたい》それでも春に春の花

似顔絵の最後にいれる笑い皺

軽震でもう割れている引出物

もうすでに胸板厚き二歳半

割れた皿わけを知ってる猫も逝き

神仏はさて措《お》き星に頼る癖

涙腺は夏を戦死の父に似る

退職日いざジョギングで帰りなん

喜寿祝まだまだ似合う赤い爪

ネクタイはこの世に残すお焚きあげ

躓《つまず》いた数もかぞえて歩数計

幾千万塩が塞《ふさ》いだ蝉の穴

幅跳びで偏西風に乗ってみる

モダンジャズ流れ
仏像目を覚ます

目隠しをされて嬉しいもみじの手

肩パッド不要今日から素浪人

絵の具だけ買って描けずの深い秋

百折《ひゃくせつ》の皺が捉えた冬の蠅
前頭葉コメ研《と》ぐ音で目を醒《さ》ます
指先の弱気を敵に読まれてる

副流煙吸った金魚でいる無口

呼ばれない程度でよろし墓参り

ケータイに頼るひ弱なプチ家出

下駄箱は足にやさしい靴ばかり

骨壺を振れば戦禍の海の音

ジオラマに夕日が射して三丁目

残価ゼロ捨てても惜しくない鎧《よろい》
歩けない歳も含めて余命表
買ってから古希に手ごわいｉＰａｄ

身の程は木綿豆腐に知られてる

散骨の場所も津波に攫《さら》われる

飽食の果てに行きつく握り飯

ロボットに無くて自慢は座《すわ》り胼胝《だこ》

霊長へ日ごと進化の土踏まず

指舐めて風を測って親と居る

ネクタイで括《くく》れば棄《す》てる本が哭《な》く

シュレッダー昨日の顔にない未練

包丁が切れれば妻の留守もよし

勲八《くんぱち》は遠い戦死をまだ語り

ドーナツの穴もドーナツ恋すすむ

勝ち運をまだネクタイに頼ってる

お互いに見舞いはせぬという別れ

絵手紙を撫でてスマホの街にする

脱げた靴拾いに戻る徒競争

贈られた
塩にレシピが
ついてくる

落ち込みを凸面鏡に癒《いや》される

父の忌を不意に時計が動き出し

青春をスマホに預けフリーター

激辛の麻婆豆腐が恋初め

叙勲には縁なし今日も一万歩

ゆるキャラに探す私のエイリアン

甘口のカレーライスで恋終わる

躁《そう》の日は躁の深さに天高し

隠居して伸びない髭に暇な顎

デジタルに乗らずぬくぬくガラパゴス

猿人をスマホが作る終電車

突き上げた腕そのままに五十肩

百態の
雲から選ぶ
友作り

百鉢の花木を父は連れて死に
百万円百円ショップへ行く利息
百年の誤差は気にせぬ由来札《ゆらいふだ》

百年を埃《ほこり》が守るゴッホの絵

百年を単位で数えご神木

百年へ初代社長が捜す婿

百態の雲　百態に富士を見せ

経済紙読みつつ桑を食う蚕《かいこ》

眉唾《まゆつば》をスクープ記事はつい忘れ

割引券見せ合いお茶の店を決め

福豆も鬼と分け合う闘病記

脱皮する窓がきらめく少年期

ゲームだけ強くてこもる蝸牛《かたつむり》

お互いに急所は見せぬ灸の痕

似顔絵の鼻筋高く描くローマ

鳴らずとも置けば主役の古時計

鬱《うつ》の日は鬱の濃さなり墨の色

前厄の痺れを蟻に笑われる

胴切りのフランスパンの骨密度

愛犬の首輪に書いたパスワード

草食系犬歯が残すハンバーグ

立てかける杖の握りが西を向き
カナリヤの声に隠れた疑似夫婦
ブランコで落ちる夕日を蹴り上げる

アニメなら描ける
男の黙示録

大倉山 発

ボールペン太字に替える変声期

慰霊地に戦死の父がまだ匂い

引っ越しはペットを埋めた土を持ち

ツーサイズ詰めた鎧《よろい》を庭着とし

朝日射す花屋に運が降り注ぐ

禁酒禁煙馬の予想が当たらない

ハイタッチ
許す姿で
弥陀おわす

カーナビに散骨場所も入れておく

似顔絵が似すぎて飾る後ろ向き

槍呑んだ男の顔が社史にある

判じもの父母の日記を付け合わす

鉄錆《てつさび》が臭うと人が降る気配

饒舌《じょうぜつ》が言わぬ病気を隠してる

師の影はアートの秋に踏まれ過ぎ

おみくじの裏に点線鳩を折る

銀河鉄道前も後ろもスマホ人

あの人を弔辞で知った立志伝

生きてればいま百歳の墓と酌む

御楯《みたて》だけ生《な》して五尺に足りぬ母

墓石の形を悩む紙粘土

針箱に見る母さんの小宇宙

出会いとや人の顔した河原石

青虫の夢

II

Aomushi no yume

ちぐはぐにブランコ揺れて真珠婚

ナビロムに被災の街が消えたまま

壁紙を剥《は》がして探す遺言書

耳当てて古木に貰う生きる音

足形を押せば弱音も映る歳

口下手の掌《て》が語り出す仕事馬鹿

花追えば
花の都は
ビルの地下

爪切れば薬師如来のくすり指

学ランのボタンで作るストラップ

複製に黴《かび》の臭いもする壁画

半眼の坐像に過去が目を伏せる

徘徊が月の砂漠に行倒れ

鳥葬にもう過去帳は空に投げ

グッピーの過保護が泳ぐ水の揺れ

仏像がすぐに寝つける駱駝《らくだ》の背

肋骨を一本冷やす野菜室

断捨離の
フリマに足りぬ
紙袋

発掘にひと目で父の脛の骨

ロボットの掌《て》が鉄なのに温かい

花茣蓙《ござ》を仕舞うと浅くなる昼寝

伝染菌ストッキングについてくる

三面鏡犬歯が疼《うず》く右の顔

懐手して後ろ指差している

オレオレにやられリーマンにもやられ
懐手影は両手を上げている
徘徊もまだ戦中の回れ右

テーマ曲流れロッキー立ち上がり
悪友は僕よりずっと僕を知り
恋終わるコンビニで買うビターチョコ

相手より先に笑った盗み聞き
抜け道も至るローマと書いてある
百円で買って重荷の鉄亜鈴《てつあれい》

お湯掛けて
三分待って
動く脳

抜け道のテレビ　モザイク掛けてある

ネイルアート千六本にＮＯを出す

虹だけは上手に描けるぼかし癖

一人分に減った木陰の父兄席

クランケと呼ばれ麻酔がすぐに効き

銀時計電池要らずのただひとつ

入浴剤入れて足湯の旅談義

助走する足がもつれる第二幕

中吊りで二駅だけの週刊誌

歯磨きが嫌いで健康優良児

売れてますどなたも着痩せする鏡

戦後派に師走八日はレノンの忌

壁の絵の海は外した地震以後

鐘撞《つ》いて被災の人になれぬ詫び

自画像の夜は自慢の髭が無い

野菜屑出さず男の台所

仏前で式挙げました神無月

濡《ぬ》れ煎《せん》を貰って不満ある入れ歯

冷蔵庫音が聞こえる静かすぎ

肩凝りが首を左右にバス巡り

骨壺に癌とは知らぬ喉仏

ネクタイが左遷の駅を憶えてる
節分会《せつぶんえ》地産地消の豆を撒き
筆圧が二重帳簿を暴露《ばくろ》する

割り箸の仕入れと合わぬ客の数

レントゲンおかめひょっとこ区別せず

歯科助手はいつもマスクで声美人

書架整理しおりがお茶を入れさせる

独り住みヤモリに聞いてもらう愚痴

断捨離が重ね着で行くクラス会

分析も予想も確か外野席

自画像を二重瞼《まぶた》にして他人

抽象画それでもモデル選ばれる

冬靴に
桜を見せてから
仕舞い

真っ直ぐに生きて盆栽いじめ抜き

あれからは来ないが来そう金銭《かね》の事

食事会不平は出ないコラーゲン

退職に返してもらう縒《よ》れた羽《はね》

荒れ庭が猫を呼んでる猫嫌い

盆栽をいじめる父をつくる母

行楽の明けたホームにある疲労

ざわめきがベンチに残る休み明け

猫額《ねこびたい》でも仏花には広い庭

悪筆を通夜の記帳に笑われる

秋の蚊は透析待ちも何のその

カナリヤの声で倖せ漏れてくる

猫相手催眠術が腕を上げ

七色を混ぜれば黒き虹の裏

文鳥のつがいに託す二度目婚

補聴器を切れば聞こえる風の声

ヘッドホン円周率のラーニング

丸かった膝が病んでる耳掃除

決算書借り入れも無い老齢化

だぼ鯊《はぜ》に伏流水のきれい過ぎ

身ごもった猫に聞かせるモーツァルト

水遣《みずや》りが根腐れ起こす造花慣れ

受付の美人記憶にある個展

青虫が蝶を夢見て詠む百句

三姉妹仲良く分けて母を着る

戦中派捨てるチューブをまだ搾《しぼ》り

病室の笑い袋がひとつ欠け

乗り越して暇がメイクを見極める
奨学金ゲームアプリに使い込み
墓を買うブランド寺の急斜面

微塵《みじん》切り音もリズムも主夫初日

面相に臆病とある耳の位置

寄合いに子無し夫婦が懐かれる

さつま芋 蔓《つる》を辿《たど》れば 敗戦史

同柄が上下で出会う特価市

デジカメにお呼びが来ない背後霊

アラフォーの女が湯気に引くあみだ

品格でジャンヌモローに勝てぬ皺

履き初めの靴はやっぱり踏まれてる

コンビニの味で育って保母の職

窓越しへ覚えた手話でする別れ

戻り路もう伸びている夏の草

とぎ汁を植木に詫びる無洗米

逆転打音痴も歌う応援歌

まほろばは西と聞いてる杖頼り

片減りの靴も分身靴供養

竹踏みは疾《と》うに厭《あ》きてる歩数計

ヤモリ棲《す》む厨《くりや》に確か亡母《はは》の声

禿頭《とくとう》の手入れを靴が妬《ねた》んでる

金柑が届いて飴を急《せ》かされる

母の背は髪に挿してる櫛《くし》に似る

お隣と旬を分け合うプランター

左前胸の平らが着る浴衣

鼻の差をガラスの足で競う馬

三代がミルクで育ち哺乳類

一病は鈍感という医者いらず

無理やりに症候群と付く元気

下車駅で自己愛たたむコンパクト

水が染《し》む靴を磨いて捨てきれず

女子マネが磨く甘露の古ヤカン

菱餅を食わず嫌いで男腹

Wi《ワイ》-Fi《ファイ》で蜘蛛が聴いてるヒット曲

目と鼻がもう負けている試食品

依存症治すアプリが無いスマホ

あやとりに震災以後は橋が無い

子の数が減って喧嘩の無い遊具

紅灯《こうとう》の巷《ちまた》へ続く花の列

ひとつずつ喜劇持ち寄るクラス会

逆転に捨て鉢が勝つロングパス

円陣に気合が合わぬ米寿会

恰幅《かっぷく》に仕立て直しが利かぬ歳

ケンケンパもう片脚で跳べぬ歳

五年後は月でやるよう同期会

坂上の家を売り出すシニアカー

命名に手足も捺《お》して匂う墨

定位置を助走の為にまた下げる

歩道橋横目に喜寿の遠回り
仏像が目をしばたいて生臭い
忙中に閑なんて嘘ずっと暇

筍《たけのこ》が
もう伸びている
立ち話

邪鬼を踏む毘沙門天が見得《みえ》を切る

光背の曇が取れぬ千の欲

再婚の届出印がもう滲《にじ》み

不本意と判る曲がっている押印

仏滅を気にせぬ俄《にわか》クリスチャン

巣を張って愛の巣でない蜘蛛の性《さが》

居るだけで良いと会費の取られ損

近道はするなと父は山男

記念貨をはじいて悔やむ券売機

潔白を産み続けてる無精卵

消費税思案の外《ほか》のお賽銭

ケージから出されにわとり羽《はね》を知り

奪われた声で飼われる座敷犬

母の掌《て》で呪文にかかる吊し柿

敬礼に父の踵《かかと》は鳴らぬ靴

一宿一飯犬の世界に無い恩義

雑踏の中で安らぐ象の耳

墓地選び連理の妻と樹木葬

敬礼の父に名札は背にも貼り

リハビリが写経に頼む筆の先

温暖化ますます鞠《まり》はよく弾み

塞《ふさ》がったピアスの穴の懲りぬ恋

混雑の危険を歩く蟻の性《さが》

風船の色で選んだ今日の運

冷え性の靴下が知るペルシャ製

恋遊びシナモンパンが仲間入り

重馬場《おもばば》の予想は当てる雨女

静寂で奥まで洗う耳の穴

車中の蚊タバコで燻《いぶ》す禁煙車

風鈴が高所恐怖で鳴らぬ窓

女にも戦友はいた味噌醤油

煎り過ぎたコーヒー豆が旬をいじる

パントマイムで風は通っている夫婦

冷えきった二人に飛ばぬ静電気
相続を見届けるまで立つ案山子《かかし》
シャツだって形状忘れ春うらら

金魚の夏

III

Kingyo no natsu

盆暮れは箱紙ばかり出るを売り

路線価の上位を巡るバスツアー

口《くち》パクの金魚に投げる浮袋

犬猫の母性横目にみる金魚

社長から夫に戻る丸眼鏡

整備士の爪に白旗上げるネジ

サッカーボール
追う目
猟師になっている

食べきれて目にも力の出たベッド

鼻の差の勝負だメリーゴーランド

金魚死に夏が終わった子の日記

すき焼きの場違いにいる絹豆腐

立ち読みの明日へ挟んでおく栞《しおり》

葉隠れの術で余生をまだ生きる

カメラだけ立派でチャンス追えぬ歳

箸使いもう霊長の三歳児

三月は茶髪の顔も入れ替える

湯たんぽにあなたの名前つけてます

ゴルフ好きまだアンダーな日を送り

幾百の小石を積めどまた地震

アホーしか言わぬ鴉の自尊心

さっそうと独身　まだはつけないで

ジープの絵ばかりが上手い戦中派

招待の座席は靴をよく踏まれ
二つ三つよそを回して切るテレビ
督促に記念切手が似合わない

おでん種《だね》地産地消も二三品

足腰に周遊券のきつい歳

去年より多い歩数でやっと駅

足湯して外反拇趾《がいはんぼし》が収まらず

ジオラマにＬＥＤが点《つ》く我が家

出番無きネクタイ集め吊し雛

足を靴に合わせた頃がシンデレラ

通販で買うモチモチの肌の張り

鏡掛け確《しか》と姑でいる見張り

寄生して父かもしれぬ野生蘭

泥捏《こ》ねの後はホースに立たされる

スランプを夢で癒《いや》した水溜り

行間に残暑見舞いの風通し

失敗は爺が被《かぶ》って夏日記

逆むけをしゃぶってくれた夢の母

子をあやす肩車しか出来ぬ父

独り住み遠慮をしない音で生き

盆栽を選んで父は係長

少年の顔で

青虫捜す棘《とげ》

ちぎり絵が喋《しゃべ》る病後の回復度

恰幅《かっぷく》が慶弔役で職を得る

方言へ耳が地酒を差し入れる

献杯へもう栓抜きが泣き疲れ

波引いて砂面は過去を押し黙る

放射能原発に無い削除キー

住職に勝てて読経の長い息

イカロスが接着剤を捜す羽《はね》

遠い事みんな濾《ろ》過《か》して生き仏

腐れ舟黄昏《たそがれ》どきに来る出番

雨戸繰《く》る足は器用をまだ憶え

ビタミンがたっぷり里の道の駅

テレパシー飛んで二人の爪に星

知恵熱が出てロボットが進化する

延命が充電式の電池買う

うおの目が相手を見てた勇み足

頼られてからの無口がよく喋《しゃべ》り

育児書を読んで無邪気が育たない

変声期暗号を言う電話口

葡萄酒《ぶどうしゅ》を妻は美容に赤ばかり

コンサート天は二物《にぶつ》を与え過ぎ

首なしの地蔵に上げる赤まんま

地蔵様に乾パン供え震災忌

ネクタイが主役を張れた退官日

足し水が風呂より熱き終戦日

成人を母に寂しい箸枕

昇進の庭が芝生を欲しくなり

老いらくの恋を邪魔する膝の水

見え透いた世辞に踊ってみせる古希

不倫な言葉覚えて鸚鵡《おうむ》殺される

雑踏に
木鶏《もっけい》で立つ
修行僧

日に透かす押印の無い免罪符

キャンディーの棒に金魚が死ぬ予感

砂浜の恋は理性を砂に埋め

レントゲン歯形美人に息を止め

口臭も測れてスマホエチケット

客足が減ったは増えた趣味の鉢

貰われて花芽が付かぬ大事過ぎ

祭り笛節くれ指が別な指

学歴にもう上限という机

奮発のS席Aのすぐ隣

閻魔堂つける仮面を買う夫婦

山ならばいくつも踏破して未婚

ボンボヤージ過去に後ろ手振る別れ

凪凪《なな》いで女は羽化を待つ舳先《へさき》

ビルひとつ食って道楽棺の中

爪アート　イミテーションを引き立てる

選挙戦脱いだ鎧《よろい》を敵が着け

奥様がちょっとそこまで行く鏡

溜め息にショーウィンドウの誇らしげ

生きる術《すべ》聞けば雑草揺れるだけ

来る来ない菊はやさしく千切られる

他人事《ひとごと》の懸賞金を顎《あご》で読み
改装に防犯ドアの立派過ぎ
徳利がそろそろという数え歌

高層が眼下の庭の世話を焼き

色褪《あ》せて造花は枯れる夢を見る

恩返し墓掃除しか出来ぬ詫び

口達者ですが逆子生まれです

カルテの字もう暗号になっている

大津波カモメは夜叉《やしゃ》に変身す

退屈と思わないから猫でいる

たかが鼻されどハナの差万馬券

円卓の下は互いの足を踏み

瞬《まばた》きをするかもしれぬ金魚飼う

負けん気が鼻に出ている五目戦《ごもくせん》

ワープして槍は風だけ連れ帰り

豆を抱く
莢《さや》の形は
母に似る

育児書を五冊も読んで幼な妻

鉛筆のサディズム消しゴムのマゾヒズム

メイドインカナガワという蒙古斑《もうこはん》

包丁の角が料理と呼ぶ奴《やっこ》

金婚も活断層の上に座し

八十歳《はちじゅう》がまだ欲をかく戻り株

病みつきはそもハナの差の万馬券

ちょろちょろがなお有り難い御神水

埋《うず》み火が夢見る恋の燃え盛り

砲兵が戦地へ置いてきた鼓膜
雨垂れに通信兵の数え歌
玉音が傷痍《しょうい》の耳を通り過ぎ

郷土紙は母の葬儀も載《の》る絆

墓誌に彫る一句塔婆に選ばせる

我が儘《まま》な枝は伐《き》られる樹木葬

実生《みしょう》から育て名前をつけず逝《ゆ》き

庭下駄が裏返ってる雨女《あめおんな》

盆栽に石を配して父本気

父老いて松の根に播《ま》くかりんとう糖

展示してばかりで終わる試作品

タワーから捜す我が家の猫額《ねこびたい》

勝ち越しにここで踏んばる徳俵《とくだわら》

遊んでる蟻を見守る観覧車

狛犬に阿吽《あうん》の間さえ無い噴火

鳥籠の色に鸚鵡《おうむ》が嘔吐《おうと》する

金魚ほど自惚れてみる四面鏡

この人も金銭《かね》にきれいな白い骨

一病を
川柳に病む
アホウドリ

※本句集の作品の一部は、読売新聞神奈川版「よみうり文芸」（瀬々倉卓治氏選）の入選作品から抄録した。

あとがき

先日、ある記事が目に留まりました。「書」に親しむ人たちの気持ちを「生き物と付き合うような、語りかけ話しかけるような付き合い」と表現していました。それを楽しみつつ、努力相応に身に付けたいと多くの人が思って続けている。ただ、そこから趣味が高じて公募展などに出品する人たちも出てくるのであるが、総じて良き教養に深く学び、楽しくも苦しくも互いに励まし合い、忌憚なく話せる友がそばに居り、きれいに年齢を重ねて、我が身の来し方に満足する感慨を持てれば生涯の宝と考える、と。全く同感だったので、その文章を写しておきました。年齢に関係なく、俳句も短歌も詩も絵画も、いや彫刻も踊りも皆、生き物と付き合うように愛しい生涯の趣味として大切なのだと思います。心身共に健康でも一層の充実を求めて何かの道を捜している人も居ますし、大病をしたり伴侶を失ったりの以後に救われるようにその道に精進している人も多々居ます。精進するのに苦しくて、何を今更とも思いますが、その「苦」が「楽」の種になって一層頑張るのでしょう。

私はこの度、「下手でも生きている絵がある」「下手は上手の手本」など自分に都合のよい言葉を並べて上梓する勇気にしました。「下手の横好き」の初心の今だからこそ、薄い本でも構わず発表しようと思い立ちました。◯◯歳になったからそろそろとか、二十年、三十年間に何百何千と作ってきた句をここでそろそろ整理してとか、まるでその上梓する時を人生の最後の儀式のようにはしたくないのです。今、「人生劇場」の剽吉に、また「青春の門」の信介に自分を重ねて、飛び立ちそして止まることなく羽ばたき続けようとする夢は、心配を遠くに追いやり澱み始めた血を騒がせてくれています。この習作本を初篇として、今後何篇かを続けて本にしていければ、それ以上の晩年人生はあるまいと思っています。この初句集は私の「青春篇」です。世間様には申し訳ありませんが、拙句で表現すれば「無駄なこと今日からできる古希祝」、「無駄なことするぞと古希のカラ元気」となるのでしょうか。この本は持って歩いていただけるように四六判のソフトカバーにしました。酸素を発生させてあなたをげんきにさせる本でありたいのです。瞬時にあなたを活性化させるブドウ糖でありたいのです。

古川柳を十句ぐらいしか知らなかった私が、平成二十一（二〇〇九）年秋、赤い羽根を駅頭で大きな声を出して売っていた小学生達を背にしてバスを待っていた時に、何の拍子か「赤い羽根売り子の声が背にささり」の十七文字が浮かんで、それを初めて「よみうり文芸」に投句してみたのがそもそもでした。一ヶ月（週一掲載）ほどの間は気にしてはいたのですが、その後は忘れていましたが、十一月十二日（木…当時は木曜日掲載だったのですね）に掲載されており、人生で二度目の新聞掲載になったことを覚えています。その後しばらくは投句に間を空けてしまいましたが、紙面には時々目を通しておりましたので、選者のお名前とご常連の方のお名前は自然と頭に入っておりました。半年ほど経ってから読売カルチャー教室の川柳講座の講師に瀬々倉卓治という名前を目にして、すぐさま手続きを取りまして平成二十二（二〇一〇）年四月十一日の日曜日が教室の生徒になった初日となりました。課題（宿題）提出の三句とも俳句のように「〇〇〇かな」と下五につけて指摘をされたのでした。イロハのイをこの時に覚えました。川柳を「タハハハ川柳」と「ウーン川柳」「しみじみ川柳」と、作家田辺聖子さんの本で覚えてからそこで川柳観が止まっておりました。瀬々倉卓治先生は巷の社会派川柳作家ではなくて、横浜で独自の土壌を持つ詩性派を継ぐ先人で「川柳は一行のドラマであり、一行に省略し尽くした詩である」と繰り返し語り、ときには青年のように熱気を孕んだりします。智恵子抄の他には目を通した詩集が一冊しかない私でも、おかげさまで一人歩きが出来るようにしてくださいました。現代詩も読んでいないし、短歌も詠んだことがなく、俳句も詠めず、一行詩なる言葉も知らず、所属する結社・吟社もなく、吟社句会の参加経験もなくまだ駆け出しの私の今回の句集出版の相談にも、快く応諾していただきました。これこそ上梓することを決めた私の推進力であります。

どちらかといえば理工系の自分が、川柳に嵌まって読んで作っての毎日を過ごすなんて予想だにしませんでしたが、生涯の宝を見つけられたことをうれしく思っています。この本を手にしたあなたが、川柳という十七文字の世界に足を踏みこんで新しい時間を取り込めたとしたら、それはもう、望外の喜びというものです。

僕は作り続ける

君も作ってみないか
私に私家版でいいから出版物にしたいというアドレナリンを分泌させてくれたカルチャー教室の諸先輩・一緒に学び合っている同級生、上梓するにあたって背中を押してくれた二宮茂男さん、ご指導いただいている瀬々倉卓治先生に心から感謝して、第二集を刊行出来るよう精進致します。また、新葉館出版の竹田麻衣子さんにも初句集の難産にずいぶんとご協力いただきました。ありがとうございました。

自分が変わりながら創作していく
創作しながら自分が変わってゆく
そんな三年後の自分が楽しみに
そんな三年後の川柳作品が楽しみ

平成二十七年四月

山本 喜太郎

大倉山 発

○

平成 27 年 7 月 4 日　初版発行

著　者

山　本　喜太郎

〒222-0037　神奈川県横浜市港北区大倉山 3-1-8
E-mail：y.kitaro@d4.dion.ne.jp

発行人

松　岡　恭　子

発行所

新　葉　館　出　版

〒537-0023　大阪市東成区玉津 1 丁目 9-16 4F
TEL06-4259-3777　FAX06-4259-3888
http://shinyokan.jp/

印刷所

亜細亜印刷株式会社

○

定価はカバーに表示してあります。

©Yamamoto Kitaro Printed in Japan 2015
無断転載・複製を禁じます。

ISBN978-4-86044-593-5